CONTES

NOUVEAUX,

PAR UN VIEUX

MAGISTRAT.

Dans la Jeuneſſe on fait ; dans la Vieilleſſe on dit.

A LONDRES,

1783.

A MADAME ✳✳✳✳.

V o u s, dont l'efprit & les attraits
Font bouder tour-à-tour & Minerve & les
Graces ,
Souffrez que la folie amene fur vos traces
Ces enfants que Vénus trouva dans fes
bofquets.

De leur deftin je fuis en peine ,
Au Temple des Dévots envain ils frapperont ;
Mais au Temple du Goût bientôt ils entreront ,
Si vous leur fervez de Marraine.

LA JUSTIFICATION
COMPLETTE.

Conte.

Sur un curé des plus gaillards
Un Evêque , à grands flots , épanchoit fa
   morale.
Chacun , lui difoit-il , parle de vos écarts ,
   Ceffez de femer le fcandale.
Ne croyez pas pourtant qu'au rigorifme enclin
J'exige qu'un pafteur foit un Etre divin ;
Toujours le cœur de l'homme eft fous l'habit
   du prêtre ;
Je le fais : & fur vous je me tairois peut-être,
Si c'étoit pour le jeu , fi c'étoit pour le vin.
   Mais vos excès font d'une autre nature ;
Le cotillon vous plaît , & l'on dit fur ce point....
   Ah ! Monfeigneur , quelle impofture !
   Je l'aime fi peu , je vous jure ,
   Que je voudrois qu'on n'en mît point.

LE PARAPHERNAL (*).

Conte.

Alix déjà touchoit à fon automne,
Déjà fon front fe couvroit de pavots,
Sans que des fleurs qu'on moiffonne à Paphos
Elle eût jamais compofé fa couronne.
Heureufement le plus lourd des fardeaux,
Dans tous les temps, ce fut un pucelage.
A le porter, Alix perd fon repos,
Et cherche enfin quelqu'un qui la foulage.

Mais pour goûter ces tranfports fi tou-
        chants,
Ces riens fi doux qui font tout quand on aime,

____

(*) *Paraphernal* eft un terme de droit ; il eft oppofé à *dotal*. Le bien *dotal* eft celui qu'une femme apporte à fon mari, qu'elle confere dans la fociété conjugale, & dont l'époux a la difpofition. Le bien *paraphernal* eft celui qui appartient à la femme exclufivement, qui n'entre pas dans la commu- nauté & dont l'époux feule difpofe.

L'art d'être deux qui fait le bien suprême....
Pour les goûter, il faut avoir quinze ans,
Il faut un cœur. Alix n'a que des fens ;
Alix fur-tout n'eft plus dans fon printemps.
Sans vouloir donc s'abufer elle—même,
C'eft à l'hymen qu'elle offre fon encens.

L'hymen protege & la vieille & la laide,
A Vulcain même il donne une moitié ;
Tout lui convient ; à fon pouvoir tout cede,
Quand à Plutus il s'eft affocié.
Or, fur Alix, répandant la richeffe,
En bons deniers, Plutus lui redonnoit
Ce que le temps en beauté lui prenoit.
Pour un amant, les traits fins, la jeuneffe,
Le cœur fur—tout, voilà le vrai tréfor ;
Mais en ménage, un époux veut de l'or.
C'eft peu pour lui, Vénus, que ta ceinture,
Si l'on n'y joint la bourfe de Mercure.

Alix l'avoit cette bourfe ; & bientôt
Certain gafcon, de brillante encolure,
Vint lui montrer le mari qu'il lui faut ;
Jeune, nerveux, d'une forte équarrure,

Les sourcils noirs & les mollets charnus ,
Promettant fort & tenant encore plus ;
C'étoit Hercule , au gré de la Nature.
Mais la fortune en avoit fait Irus ,
Il n'avoit rien. Grand motif pour le prendre.
Elle espéroit que ses nombreux écus
Sauroient en faire un époux vif & tendre.

Il pouvoit l'être. Il se pouvoit aussi
Qu'ayant donné sa main & sa cassette ,
Des ris , des jeux , déplorant la retraite ,
Elle eut un maître , au lieu d'un bon mari.

Pour prévenir cet abus redoutable ,
PARAPHERNAL fut le mot secourable
Qu'en son contrat elle fait énoncer ;
De son argent maîtresse invariable ,
Elle veut seule en pouvoir disposer.

La clause passe. On vole au presbitere ;
A son pasteur Alix , baissant les yeux ,
Vient demander la liberté de faire
Ce que , sans lui , les filles font bien mieux.
L'ayant reçue , elle part satisfaite ,

Brûlant de voir ce que c’eſt qu’un époux ,
Et d’éprouver ſi dans une couchette ,
Lorſqu’on eſt deux , le ſommeil eſt plus doux.

Peut-être ici , Muſe trop téméraire ,
Il conviendroit de tirer le rideau.
Si toutefois vous ne ſauriez vous taire ,
Que la pudeur , guidant votre pinceau ,
Ne laiſſe voir que le coin du tableau.
Peignez l’époux , au jardin de Cythere ,
Ouvrant la fleur , ſans jamais la cueillir ,
Par ſes baiſers , éveillant le deſir ,
Bref , faiſant tout hors ce qu’il falloit faire.

Alix s’en doute ; Alix n’oſe en parler.
Elle attendoit , victime obéiſſante ,
Qu’un dard lancé d’une main careſſante ,
Vint à l’hymen tendrement l’immoler.
L’époux ruſé confondit ſon attente :
Dans tous ſes ſens lorſqu’il a mis le feu ,
Très-bruſquement il interrompt ſon jeu ,
Lui dit bonſoir & ferme la paupiere.
Alix l’ouvrit , durant la nuit entiere ,
Et ſon dépit invoqua tour-à-tour

L'hymen , Morphée & Priape & l'Amour ;
Mais aucun d'eux n'entendit fa priere ;
Vierge & martyre elle revit le jour.

Jufqu'à la nuit elle efpéroit encore.
Cette nuit vint , fans combler fon ardeur.
Laffe , à la fin , voyant lever l'aurore ,
Sans voir lever le plaifir pour fon cœur ,
L'œil tout en feu , repouffant fon dormeur ,
Elle lui tint à peu près ce langage :
" De mon époux quand je reçus la foi ,
„ Je me flattois de l'avoir fans partage.
„ Tes mains , ta bouche , il eft vrai , font à
          moi ;
„ Mais n'as-tu rien à m'offrir davantage ?
„ Pour qui garder certain je ne fais quoi ,
„ dont la Nature a paré ton corfage ?
„ Pour nos plaifirs n'eft–il d'aucun ufage ,
„ Lui qui paroît en donner le fignal ? „
Oh ! dit l'époux , c'eft mon PARAPHERNAL ;
Chacun le fien. Pleine d'impatience ,
A ce propos , du lit elle s'élance ,
En cent morceaux déchire le contrat ,
Dût fon tranfport n'obliger qu'un ingrat.

Point ne le fut. Elle eut fa récompenfe.
Ce qu'en commun l'époux mit à fon tour ,
A Dame Alix fit répéter fans cefle :
" Les plus beaux jours que donne la richeffe
„ Ne valent pas une nuit de l'amour „.

AVIS
AUX INTENDANTS.

Conte.

Monseigneur lifez mon placet,
Difoit, à grands cris, une belle
A l'Intendant de la Rochelle,
Qui l'ayant pris d'un air diftrait,
Loin de le lire, parcourait
Des appas, qui de Vénus même,
Euffent embelli le portrait,
Et qu'avec un courage extrême,
La belle Dame défendait.
C'eft envain qu'elle combattait.
Un Intendant, chacun le fait,
Eft toujours fûr de la victoire.
Mais du moins pour fauver fa gloire,
En pâmant, elle lui criait :
Monfeigneur lifez mon placet.

Monfeigneur promet de le lire.

La Dame à l'inſtant ſe retire ;
Auſſi bien , quand on a tout fait ,
Il ne reſte plus rien à dire.

Figurez-vous , mon cher lecteur ,
Une jeune & ſimple bergere ,
Qui , penſant cueillir une fleur ,
Trouve un ſerpent ſous la fougere.
Tout ſon corps friſſonne de peur ;
De ſon teint la pâleur diſpoſe.
Tel devint l'air de Monſeigneur ,
En liſant ce qu'à ſa grandeur
Le placet humblement expoſe.

Il y voit qu'à Cythere , un jour ,
En badinant avec l'amour ,
La Dame , par malheur ſe pique
Aux chardons que dans ce ſéjour ,
Colomb apporta d'Amérique.
Bientôt accourant à ſes cris ,
D'Eſculape un des favoris
Promit de guérir la bleſſure.
Mais ſon art l'ayant mal ſervi ,
Ses efforts n'avoient qu'à demi
Fait diſparoître la piquûre.

Avec audace néanmoins ,
Il demandoit la fomme entiere
Qu'en cas de guérifon pléniere ,
On avoit promife à fes foins.

La dame venoit pour s'en plaindre.
A ce récit , l'on peut juger
Combien notre Intendant dut craindre.

C'étoit trop tard pour y fonger.
De faint Côme il choma la fête
Et vint à fes pieds protefter ,
De ne jamais rien appointer
Qu'après avoir lu la requête.

F I N.